# ¡Qué niño más lento!

LOS ESPECIALES DE

*A la orilla del viento*

FONDO DE CULTURA ECONÓMICA
MÉXICO

Libro ganador del xiii Concurso de Álbum Ilustrado A la Orilla del Viento
El jurado estuvo conformado por Isol, Fanuel Díaz,
Alejandro Magallanes y León Muñoz.

Primera edición, 2010

Serrano Guerrero, Lucía
    ¡Qué niño más lento! / Lucía Serrano Guerrero. —
México : FCE, 2010
    [36] p. : ilus. ; 20 × 17 cm — (Colec. Los Especiales
de A la Orilla del Viento)
    ISBN 978-607-16-0200-8

    1. Literatura infantil I. Ser. II. t.

LC PZ7                     Dewey 808.068 S767q

*Distribución mundial*

D. R. © 2010, Fondo de Cultura Económica
Carretera Picacho Ajusco 227, Bosques del Pedregal
C. P. 14738, México, D. F.
www.fondodeculturaeconomica.com
Empresa certificada iso 9001: 2000

Colección dirigida por Eliana Pasarán
Editora: Mariana Mendía
Diseño: Miguel Venegas Geffroy

Comentarios y sugerencias:
librosparaninos@fondodeculturaeconomica.com
Tel.: (55)5449-1871. Fax: (55)5449-1873

ISBN 978-607-16-0200-8

Impreso en México • *Printed in Mexico*

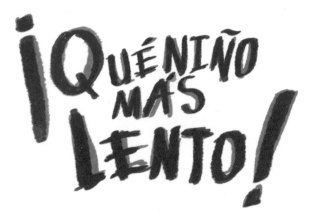

# ¡Qué niño más Lento!

Lucía Serrano

FONDO
DE CULTURA
ECONÓMICA

—¡Arriba, Néstor!
¡Qué niño más lento!

Tam, tam, tam, oye Néstor,
y se levanta a su ritmo, pasito a pasito.

—¡Por favor ya acábate el desayuno!
¡Qué niño más lento!

Tam, tam, tam, oye Néstor,
y desayuna a su ritmo, pasito a pasito.

—¡Llegaremos tarde al colegio!
¡Pero qué niño más lento!

Tam, tam, tam, oye Néstor,
y camina a su ritmo, pasito a pasito.

—¡Se acabó el tiempo para este ejercicio!
¡Madre mía, qué niño más lento!

Tam, tam, tam, oye Néstor,
y escribe a su ritmo, pasito a pasito.

—¡Pasa el balón Néstor!
¡Qué niño más lento!

Tam, tam, tam, oye Néstor,
y juega a su ritmo, pasito a pasito.

Pero un día el tam, tam, tam desaparece.

Néstor oye a su madre…

también a su padre

y a su hermana.

Oye a la maestra

y a sus compañeros de clase.

Néstor ya no se levanta temprano, no desayuna,
no va al colegio, no juega con sus amigos.

Se vuelve un niño triste, enojón y de color gris.

Hasta que un día, oye de nuevo
un tam, tam, tam muy bajito…

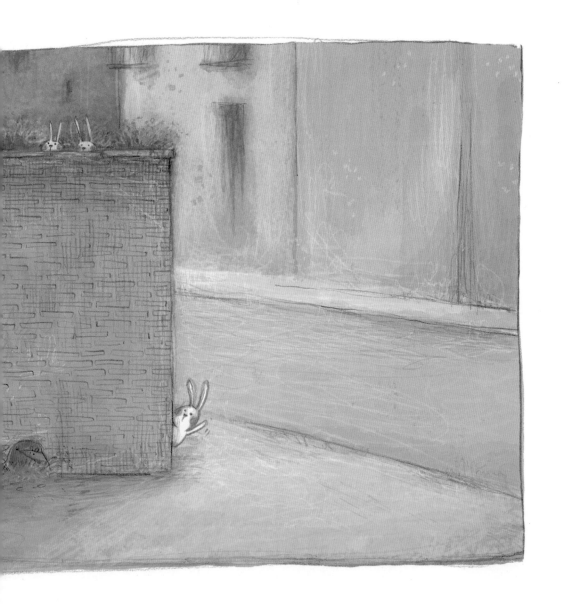

pero, ¿de dónde viene?

Viene de un lugar inmenso

donde todo marcha a su propio ritmo.

Tam, tam, tam, escucha.

Tam, tam, tam, responde.

Y continúa a su ritmo, pasito a pasito.

*¡Qué niño más lento!,* de Lucía Serrano,
se terminó de imprimir y encuadernar en marzo de 2010
en Impresora y Encuadernadora Progreso, S. A. de C. V. (IEPSA),
calzada San Lorenzo 244, Paraje San Juan,
C. P. 09830, México, D. F.

El tiraje fue de 7 000 ejemplares.